Dieses Buch gehört:

© Alexa Gelberg

Christine Nöstlinger (1936–2018), in Wien geboren und aufgewachsen, zählt zu den erfolgreichsten Kinder- und Jugendbuchautoren der Gegenwart. Nach dem Abitur studierte sie zunächst Gebrauchsgrafik an der Akademie für Angewandte Kunst. 1970 veröffentlichte sie ihr erstes Kinderbuch, das Bilderbuch „Die feuerrote Friederike". Sie hat über 100 Bücher für alle Altersgruppen herausgebracht, fantastische und realistische, immer sozial engagierte Geschichten, die in viele Sprachen übersetzt worden sind.

© Sonja Och

Erhard Dietl lebt als freier Schriftsteller und Illustrator in München. Er hat über 100 Kinderbücher veröffentlicht, mit großem nationalem und internationalem Erfolg. Seine Bücher wurden mehrfach ausgezeichnet. Zu seinen erfolgreichsten Figuren gehören die anarchischen Olchis, die sogar Büchermuffel zum Lesen und Lachen bringen.

Christine Nöstlinger

Franz auf Klassenfahrt

Bilder von
Erhard Dietl

Verlag Friedrich Oetinger · Hamburg

Inhalt

1. Eine Freundin und ein Freund 5

2. Der Franz hat Bedenken 8

3. Ein Schutzengel greift ein! 12

4. Kleister-Soße und pappige Spätzle 16

5. Der Graus-Brocken wird zum Retter 21

6. Der Hunger wird immer schlimmer 32

7. Die Gabi hat eine Idee 36

8. Hinter der nächsten Kurve 39

Leserätsel 56

1. Eine Freundin und ein Freund

Der Franz Fröstl wird bald neun Jahre alt. Er wohnt mit seiner Mama, seinem Papa und seinem großen Bruder in der Hasengasse. Der beste Freund vom Franz ist der Eberhard Most. Der sitzt in der Schule in der 2b neben ihm. Die beste Freundin vom Franz ist die Gabi Gruber. Sie wohnt in der Nachbarwohnung. Sie ist so alt wie der Franz, aber in seine Klasse geht sie nicht. Sie ist in der 2a.

Nach der Schule geht der Franz zur Gabi und bleibt bei ihr, bis seine Eltern von der Arbeit kommen. Die Gabi sagt oft: „Meine Mama ist die Tagesmutter vom Franz!"

Das hört Franz nicht so gern.

Er mag die Gabi-Mama sehr, aber „Tagesmutter“ findet er falsch. Weil er sich denkt: Wäre die Gabi-Mama meine Tagesmutter, wäre meine Mama ja bloß meine Nachtmutter. Sie ist aber auch meine Morgenmutter, meine Abendmutter, meine Wochenendmutter und meine Feiertagsmutter. Und überhaupt hat der Mensch nur eine Mutter! Doch das denkt sich der Franz bloß. Er sagt es nicht, weil die Gabi es schlecht verträgt, wenn man ihr widerspricht. Dann fängt sie Streit an. Dem Franz macht Streiten keinen Spaß. Er ist auch nicht gut im Streiten. Da ist ihm die Gabi überlegen. Ohne zu verschnaufen, kann sie ewig lang keifen, und der Franz hat keine Chance, zu Wort zu

kommen. Aber daran, dass alles nach ihrem Kopf gehen soll, hat sich der Franz gewöhnt. Er nimmt es der Gabi nur noch selten übel.
Der Franz ist froh, dass die Gabi nicht in seine Klasse geht. Sie findet nämlich, dass der Franz außer ihr keine Freunde braucht. Sie würde seine Freundschaft mit dem Eberhard sicher stören. Sie nennt den Eberhard immer: „Graus-Brocken ohne Grips!"
Dabei ist der Eberhard überhaupt nicht dumm und grausig auch nicht. Bloß Übergewicht hat er. Und er ist sehr gutmütig. Mit ihm hat der Franz nie Streit. Nie würde er, wie es die Gabi oft tut, dem Franz drohen: „Ich suche mir einen anderen Freund, wenn du so blöd bist!"
Übrigens: Der Eberhard mag die Gabi auch nicht. Das sagt er dem Franz zwar nicht, denn er will ihn nicht kränken.
Aber der Franz weiß es trotzdem.

2. Der Franz hat Bedenken

Seit März weiß der Franz, dass er am Montag der dritten Mai-Woche mit seiner Klasse für zwei Tage aufs Land fahren wird. In ein Schülerheim. Sein Lehrer, der Herr Swoboda, redet dauernd davon. „Lernen in der freien Natur“, sagt er.
„Ordentlich wandern!“, sagt er.
Der Herr Swoboda redet oft so komisch kurz. Irgendwie „zickzack“ redet er! Darum hat ihm der Franz den Spitznamen „Zickzack“ gegeben.
Der Eberhard freut sich schon mächtig auf die

Klassenfahrt. Der Franz ist sich nicht sicher, ob er sich freuen soll. Er hat da seine Bedenken. Weil die 2a auch mitfährt. Zwei Tage rund um die Uhr mit der Gabi und dem Eberhard zusammen sein, das könnte Probleme machen, denkt er.

„Wie soll ich denn die zwei unter einen Hut bringen?“, hat er seine Mama gefragt. „Sie mögen sich doch nicht!“

Die Mama hat geantwortet: „Keine Angst, Franz! Das schaffst du schon!“

Der Franz hat genickt. Aber überzeugt, dass seine Mama recht hat, war er nicht.

Leider irrte sich der Franz nicht!

Schon eine Woche vor der Klassenfahrt ging es los. Da fragte der Eberhard in der Schule den Franz: „Im Bus sitzen wir zwei doch nebeneinander?“

Der Franz antwortete: „Na, sowieso.“

Am selben Nachmittag sagte dann die Gabi zum Franz: „Sowieso klar, Franz, dass wir im Bus nebeneinandersitzen!“

„Ich habe gedacht, du willst neben der Sandra sitzen“, sagte der Franz. Die Sandra ist die Vormittagsfreundin der Gabi. Sie ist auch in der 2a.
„Die Sandra hat Masern und fährt nicht mit“, sagte die Gabi.
Der Franz traute sich nicht, der Gabi zu sagen, dass er schon versprochen hatte, im Bus neben dem Eberhard zu sitzen.
Jeden Abend vor dem Einschlafen überlegte er: Setze ich mich zur Gabi, ist der Eberhard traurig. Setze ich mich zum Eberhard, ist die Gabi sauer.
Der Franz verschob die Entscheidung immer auf den nächsten Tag.

Erst am Sonntag vor der dritten Mai-Woche entschied er sich. Traurig sein ist schlimmer als sauer sein, sagte er sich. Also setze ich mich zum Eberhard. Aber das sage ich der Gabi erst auf dem Weg zum Bus, damit sie nicht schon heute sauer ist!

3. Ein Schutzengel greift ein!

Am Montag, zehn Minuten vor acht Uhr, machten sich die Gabi und der Franz auf den Weg. Die Gabi-Mama wollte sie eigentlich begleiten und hinter dem Bus herwinken, aber die Gabi hatte das abgelehnt.
„Wir sind keine Babys mehr“, hatte sie gesagt, „wir brauchen keine Winkewinke-Mama!“
Gleich im Treppenhaus wollte der Franz die Sache hinter sich bringen. Aber die Gabi war am Dauerquasseln. Dass sie für die Fahrt Bonbons habe, sagte sie. Und dass ihre neuen Wanderschuhe an den Fersen drücken. Und dass sie es blöd findet, dass Mädchen und Buben im Heim nicht in einem Zimmer schlafen dürfen. Und dass sie sich hinten in den Bus setzen werden, weil der Zickzack und die Meier, die Lehrerin der 2a, sicher vorne sitzen werden. Und, und, und.
Dreimal piepste der Franz ins Dauergequassel: „Ich muss dir etwas sagen!“

Der Franz piepste zu leise. Die Gabi merkte nicht einmal, dass er was sagen wollte.
Ist der Franz aufgeregt, streikt nämlich seine Stimme. Sie wird ganz piepsig. Manchmal bringt er keinen Ton mehr raus und muss den Mund halten, bis sich die Aufregung gelegt hat.
Als sie zur Schule kamen, parkte der Bus schon vor dem Tor.
„Mach fix! Wir sind die Letzten!“, rief die Gabi und flitzte los.
Der Franz bückte sich und tat, als müsste er ein Schuhband binden, und sah zu, wie die Gabi in den Bus stieg.

„Dalli-dalli!“, rief ihm der Zickzack entgegen. Der Franz ließ sein Schuhband in Frieden und stolperte zum Zickzack. Aus dem hintersten Seitenfenster vom Bus winkte die Gabi, aus dem Seitenfenster davor winkte der Eberhard.

„Guten Morgen“, sagte der Zickzack zum Franz.
Die Frau Meier sagte zum Zickzack: „Der Kleine ist so blass. Er wird doch nicht krank werden!“
„Nur Aufregung.“ Der Zickzack nahm dem Franz den Rucksack ab. „Ansonsten kerngesund!“
Die Frau Meier glaubte es nicht so recht. Sie fragte den Franz: „Ist dir übel?“

„Nein“, piepste der Franz.
„Heiser ist er auch“, sagte die Frau Meier.
„Ist nicht heiser“, sagte der Zickzack. „Piepst, wenn er aufgeregt ist. Werde aber ein Auge auf ihn haben!“
Und zum Franz sagte er: „Du sitzt auf der Fahrt neben mir!“
Der Franz stieg mit der Frau Meier und dem Zickzack in den Bus.
„Franz, hierher!“, rief die Gabi nach vorne.
„Franz, hierher!“, rief der Eberhard nach vorne.
Der Zickzack schubste den Franz auf die Sitzbank beim Einstieg und rief: „Er sitzt neben mir!“
Die Bustür klappte zu und der Franz dachte: Da war garantiert mein Schutzengel am Werk!

4. Kleister-Soße und pappige Spätzle

Drei Stunden hockte der Franz neben dem Zickzack. Ein Vergnügen war das keines. Der Zickzack fragte jede Viertelstunde: „Alles okay?“ Und der Franz antwortete brav: „Danke, ja!“
Zu Mittag hielt der Bus vor dem Schülerheim.
„Im Gänsemarsch aussteigen!“, kommandierte der Zickzack.
Zuerst kletterte der Franz aus dem Bus, hinter ihm her die anderen 2a- und 2b-Schüler.
Der Busfahrer holte die Rucksäcke aus dem Kofferraum, und als alle Kinder ihren Rucksack hatten, gingen sie, wieder im Gänsemarsch, ins Schülerheim.
Im Flur wartete eine dicke Frau. Zuerst rief sie: „Herzlich willkommen!“ Dann sagte sie: „Die Zimmer sind im ersten Stock. Bubenzimmer links, Mädchenzimmer rechts, in der Mitte die Lehrerzimmer. Und ich bin die Frau Berg!“
Der Franz und der Eberhard nahmen mit dem Tommi und dem Peppo ein Zimmer.

Sie räumten die Rucksäcke aus und taten ihren Kram in den Schrank. Kaum waren sie damit fertig, rief der Zickzack: „Zum Mittagessen!"
„Na endlich", seufzte der Eberhard.
Als der Franz und der Eberhard mit dem Tommi und dem Peppo in den Speisesaal kamen, saß die Gabi schon an einem Tisch und rief: „Franz! Ich habe dir einen Platz frei gehalten!"
Der Franz setzte sich zur Gabi. Der Eberhard setzte sich neben den Franz. Der Tommi und der Peppo setzten sich den dreien gegenüber.

Die Gabi schnupperte. „Da riecht es komisch!"
„Nach saurer Suppe, wie im Hort", sagte der Peppo.
„Mit viel Kohl drin, wie im Hort", sagte der Tommi.
Die beiden gehen nämlich nach der Schule in einen Hort, wo sie Mittagessen bekommen.
Was die Frau Berg auf dem Servierwagen in den Speisesaal schob, war aber keine saure Suppe mit viel Kohl drin. Zwei Schüsseln standen auf dem Wagen. In einer waren Spätzle, in der anderen war Soße mit Fleischstücken.
Die Frau Berg schob den Servierwagen von Tisch zu Tisch, ließ sich die Teller reichen und füllte Spätzle und Soßenfleisch rein.

Der Franz ist echt kein heikles Kind! Nie hat er an dem, was die Gabi-Mama kocht, etwas auszusetzen. Was seine Mama kocht, schmeckt ihm auch. Sogar was sein Papa kocht, mag er. Obwohl alle sagen, dass sein Papa ein mieser Koch ist. Aber was ihm die Frau Berg auf den Teller getan hatte, konnte er nicht essen! Die Spätzle waren matschig, das Fleisch war fett und die Soße war pappig wie Kleister.

„Igitt", sagte die Gabi entsetzt.

Der Tommi und der Peppo mampften, ohne zu murren, Spätzle und Soßenfleisch.

„Dass ihr dieses Zeug essen könnt?“, wunderte sich die Gabi.
„Weil sie das Hort-Futter gewohnt sind“, erklärte der Eberhard. Er schob seufzend seinen Teller weg. „Ich halte mich lieber ans Dessert!“

„Ich auch!“, sagten die Gabi und der Franz. Nur leider gab es kein Dessert. Hungrig wie die Wölfe gingen sie aus dem Speisesaal.

5. Der Graus-Brocken wird zum Retter

Eine Stunde später wanderten die 2a- und die 2b-Schüler über die Wiese hinter dem Heim zum Wald. Vorne der Zickzack und die Frau Meier. Einen Lehrausflug machten sie.
Im Wald erklärte der Zickzack, dass es sich hier um einen Mischwald handelt, in dem es Nadelbäume und Laubbäume gibt. Er erklärte den Unterschied zwischen Tannennadeln und Fichtennadeln und den zwischen Birkenblättern und Buchenblättern.
Die Frau Meier hatte ein Pilzbuch mit, um den Kindern die Namen aller Pilze zu nennen. Aber im Wald gab es nur Fliegenpilze, und die kannten die Kinder sowieso.
Der Franz marschierte zwischen der Gabi und dem Eberhard. Der Eberhard seufzte. Hungrig wandern ist nicht seine Sache! Die Gabi seufzte auch. Die neuen Wanderschuhe taten ihr weh. „Ich habe garantiert auf jeder Ferse eine Blase“, jammerte sie.

Der Franz sagte: „Deine Mama hat dir ja eh gesagt, dass du die Schuhe eine Nummer größer brauchst!“
„Aber rote Schuhe hat es eine Nummer größer nicht gegeben“, rief die Gabi. „Nur kackebraune und lausgraue.“
Zuerst waren der Franz, der Eberhard und die Gabi dicht hinter dem Zickzack und der Frau Meier gegangen. Doch die Gabi wurde immer langsamer. Die anderen Kinder überholten sie. Bald waren sie die Letzten. Und dann ließ sich die Gabi vor einem großen Holzstoß ins Gras plumpsen und sagte: „Wenn ich noch einen Schritt gehe, werde ich ohnmächtig!“

„Vor Hunger?“, fragte der Eberhard.
„Vor Schmerzen, du Depp!“, rief die Gabi und riss sich die Wanderschuhe von den Füßen. Auf den Fersen ihrer Socken waren Blutflecke. Der Franz hockte sich zur Gabi und zog ihr vorsichtig die Socken aus. Die Gabi hatte auf jeder Ferse nicht bloß eine Blase, sondern drei. Und alle sechs Blasen waren geplatzt und bluteten.
Die Gabi stand auf, stopfte die Socken in die Hosentaschen, drückte dem Franz die Schuhe in die Hände und versuchte, barfuß weiterzugehen.

Bei jedem Schritt stöhnte sie laut. Nicht wegen der Blasen, sondern wegen der Steine und allerlei anderem harten, spitzen Zeug auf dem Weg.
Kaum zwanzig Meter schaffte sie, dann gab sie auf, setzte sich mitten auf den Weg und schluchzte.
Der Zickzack, die Frau Meier und die anderen Kinder warteten ein gutes Stück weiter.
„Aufschließen!“, brüllte der Zickzack.
„Wir rasten erst später!“, brüllte die Frau Meier.
Der Eberhard rief: „Die Gabi kann nicht mehr!“
Anscheinend rief er nicht laut genug, denn der Zickzack und die Frau Meier rührten sich nicht vom Fleck, und der Zickzack brüllte noch mal: „Aufschließen!“
„Ich gebe ihnen Bescheid“, sagte der Franz und spurtete los.
Zwei Minuten später waren der Zickzack, die Frau Meier und die Kinder bei der Gabi.
„Oh Gott, das sieht ja schlimm aus!“, jammerte

die Frau Meier. „Was machen wir denn mit dir?“
Ein Mädchen aus der 2a meinte: „Der Herr Swoboda soll die Gabi huckepack nehmen!“
Dem Zickzack schien diese Idee gar nicht zu gefallen. Richtig entsetzt sah er aus.

Der Franz kam sich hilflos vor. Ich bin ihr bester Freund, dachte er. Mir müsste etwas einfallen, um ihr zu helfen! Aber ich stehe so doof herum wie alle anderen.
Und weil der Eberhard meistens Rat weiß, wenn der Franz ein Problem hat, fragte er ihn:
„Eberhard, hast du denn keine Idee?“

Der Eberhard kratzte sich am Kopf, schaute zum Holzstoß hin, vor dem sich die Gabi die Wanderschuhe ausgezogen hatte, und sagte zum Zickzack: „Hinter dem Holz dort, da hat jemand Kram entsorgt. Ich glaube, da ist eine Schubkarre dabei. Vielleicht rollt die ja noch."
Der Zickzack und der Eberhard liefen zum Holzstoß, der Franz schickte ein Stoßgebet zu den Wolken am Himmel: „Bitte, bitte, lasst die Schubkarre noch rollen!"
Das Stoßgebet vom Franz wurde erhört. Der Eberhard zog eine alte Schubkarre hinter dem Holz hervor. Der Zickzack half ihm nicht dabei. Er hüpfte von einem Bein aufs andere und rieb sich die Waden. Hinter dem Holz wuchsen nämlich jede Menge Brennnesseln und der Zickzack hatte leider nicht auf sie geachtet.
Der Eberhard kam mit der Schubkarre an.
„In das blöde Ding soll ich mich setzen?", meckerte die Gabi. „Das ist ja rostig und löchrig!"
Der Eberhard verdrehte die Augen, holte seine

Regenjacke aus dem Rucksack und legte sie ausgebreitet in die Schubkarre.

„Passt es Gnädigster so besser?“, fragte er.

Die Gabi nickte, setzte sich in die Schubkarre und reckte die Beine hoch.

Der Franz wollte die Karre schieben. Aber der Eberhard winkte ab. „Lass“, sagte er, „für das Vehikel braucht man allerhand Muckis!“

Der Eberhard trabte mit der Schubkarre los. Der Franz marschierte mit den anderen Kindern hinterher. Der Eberhard trabte, wohl weil es bergab ging, unheimlich flott.

Als der Franz mit den anderen Kindern aus dem Wald kam, war der Eberhard schon beim Schülerheim. Und als der Franz mit den anderen zum Schülerheim kam, saß die Gabi schon auf der Bank vor dem Haus und die Frau Berg verarztete die Blasen. Mit Salbe und Mullbinden. Für Pflaster, sagte sie, seien die Blasen zu groß. Um jeden Fuß wickelte sie zwei Rollen Mullbinde. Wie zehenfreie Wintersocken sahen die Verbände aus, als die Frau Berg fertig war.
Dann brachte sie der Gabi ein Paar Pantoffeln. Solche mit Holzsohle und ledernem Oberteil.
„Probier, ob du damit gehen kannst", sagte sie.
Die Gabi schlüpfte in die Pantoffeln, machte ein paar Probeschritte und rief: „Passen super!"
Die anderen Kinder verloren ihr Interesse an der Gabi und verkrümelten sich. Nur der Franz blieb bei ihr.
Die Gabi schaute sich suchend um und fragte: „Wo ist mein Retter?"
„Dein wer?", fragte der Franz zurück.

„Der Eberhard!“, sagte die Gabi. „Ohne ihn säße ich sicher noch immer im Wald. Er ist echt ein toller Typ!“
Der Franz versuchte, sich zu freuen. Ist doch super, sagte er sich, dass sie den Eberhard nicht mehr für einen Graus-Brocken, sondern für einen tollen Typen hält. Ich wollte die zwei doch unter einen Hut bringen!

Aber es gelang ihm nicht, sich zu freuen. Weil er selber gern der Retter gewesen wäre. Und weil es schöner gewesen wäre, hätte die Gabi ihn für einen tollen Typen gehalten.
„Hol ihn her!“, sagte die Gabi. „Er ist so schnell weg, ich habe mich noch gar nicht bedankt!“

Der Franz machte sich brav auf die Suche. Der Eberhard war nicht im Zimmer. Auf dem Klo und im Duschraum war er auch nicht. Und der Speisesaal war zugesperrt. Schließlich fand ihn der Franz in der Küche. Er stand vor einer offenen Schranktür.
„Was machst du denn hier?“ Der Franz blieb an der Tür stehen, weil auf der ein Schild mit der Aufschrift „Kein Eintritt“ klebte.
Der Eberhard sagte: „Ich suche was Essbares! Ist aber nichts da!“

„Ich soll dich zur Gabi holen“, sagte der Franz. „Sie will sich bedanken.“
„Ich brauche keinen Dank, ich brauche Futter!“, murrte der Eberhard. Aber dann ging er doch mit dem Franz zur Gabi.

„Geht es wieder?“, fragte er die Gabi.
Die Gabi lächelte den Eberhard ganz, ganz lieb an. „Ja, danke, und nur wegen dir“, säuselte sie.
Einer ganz, ganz lieb lächelnden Gabi kann kaum jemand widerstehen. Der Eberhard grinste geschmeichelt. Er setzte sich neben die Gabi und murmelte: „Ist nicht der Rede wert.“
Der Franz wartete, dass ihn die Gabi einlud, sich auch zu ihr zu setzen. Aber das tat sie nicht.
„Ich gehe zum Fußballspielen“, piepste er und marschierte ab.

6. Der Hunger wird immer schlimmer

Bis der Zickzack „Abendessen“ rief, spielte der Franz mit dem Tommi und dem Peppo Fußball. So gut wie sonst spielte er nicht. Weil man nicht besonders gut spielt, wenn man statt an den Ball an die Gabi und den Eberhard denkt. Die Gabi und der Eberhard waren schon im Speisesaal, als der Franz mit dem Tommi und dem Peppo reinkam.

„In meinem Bauch knurrt es, als hätte ich einen Kampfhund verschluckt“, sagte der Eberhard. Die Gabi beugte sich zu ihm, legte ein Ohr auf seinen Bauch und kicherte: „Echt! Mein Retter hat einen Kampfhund im Bauch!“

Der Tommi fragte den Peppo: „Haben wir da ein neues Liebespaar?“
„Sieht so aus“, antwortete der Peppo.
Der Franz setzte sich auf seinen Platz, starrte seinen Teller an und dachte: Was ich im Bauch spüre, ist kein Hunger. Das ist Eifersucht.
„Wenn das Essen nicht bald kommt“, jammerte der Eberhard, „dreh ich durch!“
Kaum hatte er es gesagt, rollte die Frau Berg den Servierwagen in den Speisesaal.
„Na endlich!“, freute sich der Eberhard.
Als er sah, was ihm die Frau Berg auf den Teller schöpfte, war es aus mit der Freude.
„Was ist das?“ Entsetzt schaute er auf den grauen, matschigen Haufen.
„Reis“, sagte der Peppo.
„Mit Gemüse“, sagte der Tommi.
Der Franz tat eine Winzigkeit vom Matsch auf seine Gabel und schob sie in den Mund. Echt Mühe hatte er, die Winzigkeit zu schlucken.
„Schmeckt es, wie es aussieht?“, fragte die Gabi.

Der Franz nickte und legte die Gabel weg.
„Ihr stellt euch aber an!“, riefen der Tommi und der Peppo und schaufelten Gemüsereis in sich rein.
Der Eberhard schob den Teller weg und sagte:
„Was so aussieht, koste ich nicht mal!“
Die Gabi ging zum Tisch, an dem die Frau

Meier und der Zickzack saßen, und sagte: „Der Eberhard und ich, wir kriegen das nicht runter. Können wir ein Wurstbrot haben?"
„Alle anderen Kinder haben es auch gegessen", sagte die Frau Meier.
Und der Zickzack sagte ungerührt: „Einen Tag fasten schadet nicht!"
Der Franz stocherte mit der Gabel in seinem Reis herum und dachte traurig: Dass ich das Zeug nicht essen kann, interessiert die Gabi nicht. Bloß für sich selber und den Eberhard will sie ein Wurstbrot. Ich bin abgemeldet bei ihr!
Dann rief der Zickzack: „Freizeit bis acht Uhr! Danach ab in die Betten!"

7. Die Gabi hat eine Idee

Der Eberhard sagte grantig: „Ich gehe sofort schlafen und träume von Schnitzeln und Pommes!"
„Ich habe eine bessere Idee!", sagte die Gabi. „Ganz in der Nähe ist ein Supermarkt. Den habe ich auf der Herfahrt gesehen! Da gehen wir hin und kaufen uns was zu essen."
„Das verbietet der Zickzack garantiert", sagte der Franz.
„Wer nicht fragt", sagte die Gabi grinsend, „kriegt nichts verboten!" Sie holte einen Fünf-Euro-Schein aus der Hosentasche. „Der reicht gegen den ärgsten Hunger!"
Dem Eberhard schien die Idee zu gefallen. Dem Franz gefiel die Idee nicht. Deshalb sagte er: „Aber der Zickzack und die Meier passen doch auf und merken es."
„Die sind hinter dem Haus und sehen nicht, ob wir vorne rausgehen", sagte die Gabi.
Also versuchte es der Franz anders.

„Du musst deine Fersen schonen“, sagte er. Die Gabi erklärte, dass ihr die Pantoffeln super passen, da solle sich der Franz bloß keine Sorgen machen.
Der Eberhard kennt den Franz gut. Ihm war klar, dass der Franz nichts Verbotenes tun wollte. Er sagte zur Gabi: „Das ist nichts für den Franz, das erledigen wir besser allein.“
„Okay!“, sagte die Gabi. „Dann nichts wie los!“
Da piepste der Franz: „Ich komme mit!“

Er dachte nämlich: Ich muss mitmachen! Lasse ich sie allein gehen, sind sie zu zweit unter einem Hut und ich bin schon wieder abgemeldet!

Aber er hoffte, dass sich die Gabi geirrt hatte und dass der Zickzack oder die Frau Meier oder die Frau Berg vor dem Haus war. Dann, dachte er, wird es nichts mit dem verbotenen Trip.

8. Hinter der nächsten Kurve

Der Franz hatte vergebens gehofft. Vor dem Haus war keine Menschenseele.
Hintereinander am Straßenrand liefen sie los. Vorne die Gabi, hinten der Franz.
„Nach der nächsten Kurve kommt er", sagte die Gabi. Und als sie die nächste Straßenkurve hinter sich hatten, rief sie: „Da vorne, wo die Fahnen wehen, da ist er!"
„Das ist aber weit", schnaufte der Eberhard. Und der Franz piepste: „Kehren wir besser um!"
Aber die Gabi marschierte weiter. Eigentlich marschierte sie nicht, sie humpelte. Es ist eben doch nicht so leicht, in Holzpantoffeln zu gehen. Der Franz linste auf seine Uhr. Zehn Minuten waren sie nun unterwegs. Wenn er richtig schätzte, würden sie bis zu den Fahnen noch mal zehn Minuten brauchen.
Der Franz rechnete: Zwanzig Minuten hin, zehn Minuten einkaufen, zwanzig Minuten zurück, das macht fast eine Stunde!

Eine Stunde weg sein fällt auf, dachte er. Also piepste er wieder: „Kehren wir besser um!“ Doch die Gabi und der Eberhard scherten sich nicht um sein Gepiepse.
Der Franz hatte richtig geschätzt. Nach zwanzig Minuten waren sie beim Supermarkt. Der Eberhard nahm einen Einkaufswagen und rollte los. Die Gabi humpelte neben ihm, der Franz zockelte hinterher.

Aus dem Kühlregal holte die Gabi eine Packung Schinken und eine Packung Käse, aus dem Regal mit den Keksen drei Rollen Schokotaler.
„Aber jetzt nichts wie zurück“, piepste der Franz, als sie aus dem Supermarkt kamen.

Den Einkauf hatte er nämlich falsch geschätzt. Nicht zehn Minuten hatten sie gebraucht, sondern zwanzig. Weil an der Kasse so viele Leute angestanden hatten.
Doch der Eberhard sagte in aller Seelenruhe:
„Jetzt futtern wir erst mal!“

Und die Gabi rief: „Mist! Wir haben das Brot vergessen!“
„Wir nehmen den Käse als Brot und belegen ihn mit Schinken“, schlug der Eberhard vor.
Die Gabi holte den Schinken und den Käse aus der Tragetasche, riss die Packungen auf und belegte Käsescheiben mit Schinken.

Der Franz trat von einem Bein auf das andere. Schrecklich nervös war er. Und gar nicht mehr hungrig.
„Ich esse später“, piepste er, als ihm die Gabi eine belegte Scheibe Käse geben wollte.

Nachdem die Gabi und der Eberhard je drei belegte Käsescheiben verputzt hatten, waren sie zum Abmarsch bereit. Diesmal marschierte der Franz vorneweg. Und er marschierte hurtig. Die Gabi jammerte: „Nicht so schnell!“
Als sie bei der Straßenkurve vor dem Heim waren, blieb der Franz plötzlich stehen und zeigte auf einen herankommenden Radler. Vor Schreck brachte er keinen Pieps raus.

„Oh, du Hölle, der Zickzack“, rief der Eberhard. Die Gabi wollte sich im Straßengraben verstecken. Der Eberhard hielt sie zurück. „Keine Chance“, sagte er. „Er hat Adleraugen, er hat uns längst gesehen!“

Der Zickzack schaute bitterböse, als er vor dem Franz vom Fahrrad stieg. Kein Wort sagte er. Er deutete bloß zum Heim hin. Was heißen sollte: Marsch, zurück mit euch!
Der Franz, die Gabi und der Eberhard trabten los. Der Zickzack schob das Fahrrad hinter ihnen her.

Vor dem Heim wartete die Frau Meier. „Gabi, was ist dir da eingefallen?“, schimpfte sie und zog die Gabi ins Haus.
Der Zickzack lehnte das Fahrrad an die Hausmauer. „Bin bitter enttäuscht“, sagte er. „Ab in euer Zimmer!“
Der Tommi und der Peppo saßen auf ihren Betten, als der Franz und der Eberhard ins Zimmer kamen.
Der Peppo sagte: „Den Swoboda hat fast der Schlag getroffen, als sie es gemerkt haben.“
„Und wieso haben sie es gemerkt?“, fragte der Eberhard.
„Die Meier wollte der Gabi die Blasen frisch verpflastern“, sagte der Tommi. „Und hat sie überall gesucht.“
„Dann hat eine aus der 2a gepetzt“, sagte der Peppo, „dass sie aus dem Fenster geschaut und euch auf der Straße gesehen hat!“
„Die Gabi hat noch die Tragetasche mit den Schokotalern“, murmelte der Eberhard. „Ich hole uns unseren Anteil rüber!“

Der Eberhard blieb ziemlich lange weg. Als er zurückkam, hatte er keine Schokotaler und sah sauer aus.
„Diese Schnepfe!“, schimpfte er. „Sagt, ich hätte behauptet, dass der Zickzack es uns erlaubt hat. Und dass sie es geglaubt hätte!“
Der Eberhard ließ sich auf sein Bett plumpsen.
„Als ich raus bin, ist der Zickzack gekommen und hat mir eine Strafpredigt gehalten!“
„Hast du ihm gesagt, dass das nicht wahr ist?“, fragte der Franz.
„Ich bin gar nicht zu Wort gekommen“, sagte der Eberhard. „Außerdem bin ich keine Petze! Nicht mal, wenn es um so eine Schnepfe geht.“

Der Franz nahm seinen Pyjama und sein Waschzeug. „Ich gehe duschen“, behauptete er. Er lief zum Zimmer, in dem die Gabi schlief. Die Tür stand offen. Die Gabi saß oben auf einem Stockbett, baumelte mit den Beinen und mampfte Schokotaler. Sie sah den Franz, kletterte vom Stockbett und kam zu ihm. Der Franz räusperte sich, damit seine Stimme nicht piepsig klingt, und sagte: „Bring das in Ordnung. Sofort!“

„Was denn?“, fragte die Gabi. Aber der Franz merkte, dass sie genau wusste, worum es ging. „Sonst bin ich nicht mehr dein Freund“, sagte er.

Die Gabi starrte ihn verblüfft an. Dass er so redete, war sie nicht gewohnt.
„Man wird sich doch noch rausreden dürfen", sagte sie.
„Aber nicht auf Kosten vom Eberhard!" Der Franz zog die Gabi zu den Lehrerzimmern und klopfte an die Tür vom Zickzack.
„Herein!", rief der Zickzack.
Der Franz öffnete die Tür, schubste die Gabi ins Zimmer und schloss die Tür wieder.

Er legte ein Ohr an die Tür und hörte die Gabi stottern: „Bitte, ich, ich, ich habe was Falsches behauptet!“
Mehr wollte der Franz nicht erlauschen.
Er lief in den Buben-Duschraum und sagte zum Eberhard, der unter einer Dusche stand: „Sie bringt es gerade in Ordnung.“
In der Nacht lag der Franz lange wach. Weil der Eberhard schnarchte, der Peppo mit den Zähnen knirschte, der Tommi im Schlaf brabbelte und er darüber nachdachte, ob er nun traurig oder erleichtert war. Er konnte sich nicht entscheiden und beschloss, ein bisschen von beidem zu sein. Traurig, weil die Gabi mit dem Eberhard nicht unter einen Hut zu bringen war, und erleichtert, weil er auf den Eberhard nicht mehr eifersüchtig sein musste.
Ausgeschlafen war der Franz wirklich nicht, als er mit dem Eberhard zum Frühstück kam. Aber wenigstens das Frühstück war okay! Es gab Tee und Semmeln und Butter und Käse und Marmelade und Saft.

Der Eberhard war bei der dritten Käse-Semmel, als die Gabi in den Speisesaal kam. Sie ging am Tisch vom Franz vorbei und setzte sich zu drei Mädchen aus ihrer Klasse.
„Sie schämt sich", flüsterte der Franz dem Eberhard zu.
„Hat allen Grund dazu", fauchte der Eberhard.
Nach dem Frühstück teilte die Frau Meier Zeichenblöcke und Buntstifte aus. Bloß der Eberhard, der Franz und die Gabi bekamen keine. Sie bekamen je zwei karierte Blätter, die von oben bis unten mit ungelösten Rechnungen beschrieben waren.

„Wir gehen auf die Wiese und jeder malt ein Bild von der Umgebung“, sagte die Frau Meier. Und der Zickzack sagte: „Franz, Gabi und Eberhard bleiben hier und rechnen!“
Den ganzen Vormittag rechneten die drei. Und der Zickzack passte auf, dass sie nicht miteinander redeten. Um zwölf Uhr rief er: „Abgeben!“
Die Gabi, der Eberhard und der Franz brachten ihm die karierten Blätter.
Die Gabi hatte alle Rechnungen geschafft, der Eberhard und der Franz hatten bloß jeder ein Blatt ausgefüllt.

„Hoffe, es war euch eine Lehre!“, sagte der Zickzack. „Und jetzt Schwamm drüber!“
Das Mittagessen war um nichts besser als das Essen am Tag vorher. Dem Eberhard und dem Franz machte es nichts mehr aus. Denn sie wussten: Bald sind wir daheim und bekommen etwas Gutes.
Die Gabi saß wieder bei den Mädchen aus ihrer Klasse. Auch sie rührte das Essen nicht an. Dafür holte sie aus ihrem Rucksack unter dem Tisch heimlich einen Schokotaler nach dem anderen. Und der Eberhard sagte giftig: „Sie frisst unseren Anteil!“
Der Franz überlegte, wo er sich im Bus auf der Heimfahrt hinsetzen sollte. Er beschloss: Ich steige einfach als Erster ein, und neben mich soll sich setzen, wer mag! Aber als er dann als Erster in den Bus klettern wollte, hielt ihn der Zickzack zurück und sagte: „Du sitzt bei mir!“
Also hockte der Franz wieder drei Stunden neben dem Zickzack. Der korrigierte die karierten Blätter und strich allerhand rot an.

Zwischendurch fragte er den Franz immer wieder, ob alles okay sei. Und der Franz antwortete brav: „Danke, ja!“
Die Mama vom Franz und die Gabi-Mama hatten vor der Schule auf den Bus gewartet. Die Gabi-Mama sah die Mullbinden-Füße der Gabi und rief: „Du lieber Schreck!“
„Bloß blutige Blasen“, murmelte die Gabi und humpelte los.

„Was habt ihr denn alles gemacht?", fragte die Mama vom Franz.
Der Franz wartete, ob die Gabi erzählen wollte.
Doch sie schwieg.
Also erzählte er: „Einen Lehrausflug haben wir gemacht und dann hat der Eberhard die Gabi im Schubkarren ins Heim gefahren. Und dann waren wir drei im Supermarkt, aber weil das verboten ist, haben wir heute Vormittag strafrechnen müssen."
Die Gabi-Mama runzelte die Stirn. „Wer auf die verbotene Idee gekommen ist, kann ich mir denken", sagte sie. „Sicher mein Goldstück!"

„Nein, nein!“, rief der Franz. „Die verbotene Idee haben wir zwei zufällig gleichzeitig gehabt!“
Da lächelte ihn die Gabi ganz, ganz lieb an und der Franz freute sich mächtig.
Zu Hause, als der Franz Kirschkuchen mampfte, fragte ihn die Mama: „Wie war es denn rund um die Uhr mit der Gabi und dem Eberhard? Hast du sie unter einen Hut gebracht?“
Der Franz antwortete mit vollem Mund: „Wenn die zwei unter einem Hut sind, ist unter dem Hut für mich kein Platz mehr.“

„Wieso denn?“, fragte die Mama.
Der Franz schnappte sich noch ein Stück Kuchen und sagte: „Weil es einen so großen Hut nicht gibt! Aber das macht nichts.“
Er spuckte einen Kirschkern aus. „So, wie es ist, ist es schon okay! Man kann nicht alles haben!“

LESESTARTER

Leserätsel

Finde die Antworten auf die 6 Fragen.

Wer sitzt neben dem Franz im Bus?

- T der Eberhard
- K die Gabi
- B der Zickzack

Was gibt es im Schülerheim zu essen?

- R Suppe mit Kohl
- L Spätzle mit Soßenfleisch
- E Kirschkuchen

Wie kommt die Gabi ohne Schuhe wieder ins Schülerheim?

- U Der Zickzack nimmt sie huckepack.
- E Sie läuft einfach barfuß.
- A Der Eberhard schiebt sie mit der Schubkarre.

Lösungswort: Blasen

Am Abend gibt es dann …

M … sehr leckeres Essen.

S … wieder nichts, was schmeckt.

P … Wurstbrote.

Warum geht der Franz mit seinen Freunden zum Supermarkt?

E Er will die zwei nicht allein gehen lassen.

B Er liebt solche Abenteuer.

K Er hat Angst ohne die zwei im Schülerheim.

Kann der Franz das Essen genießen?

R Ja, der Käse schmeckt ihm besonders gut.

N Nein, er ist schrecklich nervös.

H Nein, er isst nicht gerne draußen.

LÖSUNGSWORT:

☐ ☐ ☐ ☐ ☐ ☐

MIX
Papier | Fördert gute Waldnutzung
FSC® C002795

3. Auflage

Max-Brauer-Allee 34, 22765 Hamburg

Einband- und Reihengestaltung von Andrea Pieper
Begleitmaterial von Alexandra Hanneforth
Reproduktion: Domino Medienservice, Lübeck
Druck und Bindung: Livonia Print SIA,
Jūrkalnes iela 15/25, LV-1046 Riga, Lettland
*Printed 2025/4
ISBN 978-3-7891-1390-1

www.oetinger.de